아제세이 ajaes-say

천공의 섬
아저씨

아제세이 ajaes-say
천공의 섬 아저씨

아제세이 ajaes-say

천공의 섬
아저씨

출판사 핌

메뉴
MENU

2. 찌개류 — 34

3. 주류 — 60

4. 주방장 추천

5. 골목식당 — 152

부록 — 188

1.

식사류

성분

중년 남성 69.1g | **작가 33.5g** | **대머리 20g** | **기혼 19g** |
ugly 12g | **멍청함 8.7g** | **뱃살 5.9g** | **유머(자학성) 5g** |
게으름 3.7g | **anger 3.2g** | **자격지심 3g** | **더러움 2.5g** |
지성 1.3g | **착각 0.4g** | **배꼽살 0.36g** | **자살 충동 0.34g** |
사랑스러움 0.0g | **기타 충전제(기대감, 헛바람, 오해, 난청,**
노안, 관심병, 알코올중독, 요통 등) 12g

오늘의 이모

친구에게 전화가 왔다

친구에게 전화가 왔다.
"바쁘냐?"
"응, 쯤."
"뭐 하느라 바빠?"
"일하느라 그렇지."
"정말?"

그렇다. 사람들은 거짓말을 한다.
사람을 학살했던 자는
정의를 부르짖었고,
사기를 일삼던 자는
가훈이 정직이었다.
사람들은 생각보다 자기 자신을 잘
알고 있다. 그래서 거짓말을
해서라도 자기를 보호하려는 거다.

친구가 말했다.
"니가 그럴 리가 없잖아."
"정말 글 쓰느라 바쁘다고."
"웃기지 마. 너 술 먹지?"
나는 나를 보호해야 한다.
"일한다니까….."

Ajaes-say
식사류

편의점 맥주

어제 편의점에 만 원에 네 개짜리 맥주를 사러 갔는데,
"15천 원에 6개!" 라길래 '와, 대박 싸!' 하며 샀다.

오O준
으이구 ㅜ

박O효
ㅋㅋ 바부탱이

백O수
마누라한테 앞으로 이거 사라 했다가 욕먹음! 우씨, 책임져!

박O정
1개 더 주는 거네요? 맞죠? 흠

> **백O수**
> 국문과는 답이 없어. ㅋ

> **박O정**
> 어머 아니네 똑같네 ㅎㅎㅎㅎ

조심해!

요즘 이어폰을 낀 사람을
많이 볼 수 있다.

노래를 부르거나 혹은
음악에 심취한 나머지 춤을
추기도 한다.

그렇지~ 외부의 소리가
들리지 않으니까 자기가 무얼
하는지도 잘 모르겠지.

나도 조심해야겠다.

귀가 간지러

새벽에 귀가 너무 간지러워서 깼다.

한참을 귀를 후벼파고 잤다.

아침에 아내에게 "난 왜 이렇게 귀가 간지러울까?

누가 내 욕을 자주 하나?" 하고 푸념을 했다.

아내가 사뭇 진지하게 말했다.

"대저 뭇사람들은 머리카락이 귀를 덮어 덜한데,

그대는 안타깝게도 그렇지 못해

귀에 뭐가 많이 들어가니 그러하오."

(현재 머리로 귀 덮은 분, 손!)

김O진
소위 말하는 뼈 때리는 팩트!
윤섭아 미안하다. 나는 귀가 가렵지 않다.

작은 차이

어쩌다 보니 버스에
앞뒤로 나란히
빡빡이가 앉게 됐다.

물론, 내 앞에 빡빡이는
내가 봐도 미남이었다.

살며시 모자를 썼다.

서로 다른 것보다 사람은 비슷한 걸
더 못 견디는 것 같다.
같은 한국인이면서 의견이 다른 경우
그래서 쉽게 일본이나
미국 편에 서기도 하는가 보다.
작은 차이가 더 견디기 어렵다.

같은 머리 다른 가치

동네 맛집

이 집은 어떨까? 새로운 김밥집에 가서 한 줄을 산다.
젊은 여성 둘이 날 보고 들어와 주문하며 물었다.

"이 김밥엔 무슨 야채가 들어가요?"

아마 동네 아저씨가 사는 걸 보니
이곳이 맛집이구나! 하면서 들어왔겠지.
이봐 젊은이, 안됐지만 이 집 별로다.

뭐? 어쩌라고. 나도 몰랐어.

Ajaes-say
식사류

보통

아침에 가뿐하게 달려서 버스를 잡으려고 하는데 얼씨구, 내 몸이 물을 가득 넣은 짐볼처럼 출렁인다. 하마터면 8차선 도로 위를 구를 뻔했다. 사실 짐볼이라기보다는 내 몸은 커다란 봉지 같다. 보통의 머리, 보통의 재능, 보통의 인성 등 보통의 내용물을 담은 일반용 봉지. 별로 재밌는 일도, 신나는 일도 없다.

반세기를 이 봉지로 지냈더니 이제 헤질 때가 됐는지 아침에 깨어 보니 왼쪽 어깨엔 구멍도 나고…. 하긴 여름에 난 상처도 한겨울인 지금껏 딱지가 남아 있으니 여기저기 빵꾸 날 때다. 아마 바람이 빠지는 중인가 보다. 이 바람을 옛사람들은 신명이라 했다. 그렇다. 신명이 사라지고 있다. 이제 내게 남은 건 8차선 도로 위를 데굴데굴 구를 수 있는 몸 개그뿐이다.

습관

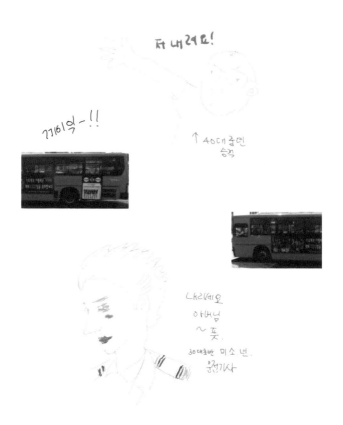

나이가 들면 모든 게 바뀐다. 나를 부르는 호칭도 달라지고,

자꾸 자리를 양보해서 지하철에서 서 있기도 힘들다.

(에구 다리야) 익숙하지 않다.

그러고 보니, 이번 생은 어째서인지 매번 낯선 일 투성이다.

대체 왜 낯설지?

왜? 어째서?

요즘 핫하다는
전동 투휠 보드

한밤중에 단지 안에서
전동 보드를 탔다.

그러다 자빠졌다….
그. 런. 데.

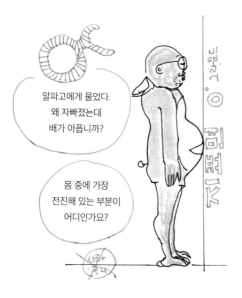

스님

장례식에 왔다. 스님이 염불하러 오셨다.

눈이 마주쳐 합장을 했다.

스님이 놀라셨다.

상주인 친구가 잰 대머리라고,

스님 아니라고 친절하게 설명해주었다.

미남본색

감기가 걸렸다. 겨울이라 비니에 마스크까지 썼다. 그러자... 아이쿠! 날 쳐다보는 사람들의 시선이라니! 참나... 게다 가 간혹 할아버 지 할 머니들은 자리 를 양보 하는 날보고 "학생 고마워" 한다. 참나.... 본의 아니 게 미남 대학 생 역할을 하 게 됐다는 게 참 미안하다. 쩝...

미남본색!!

살아온 게 얼굴에 씌어진다는데,

이 얼굴은 그저 못생긴 중년.

옛날에도 잘생긴 적이 없었는데….

잘한다고 해도 역시! 생긴 게 문제였어.

(문제는 훨씬 복잡하겠지만)

결론적으로는 '그냥 못생겨서'와 다른 게 없음.

국문과 캠핑

지난 금요일, 대학 친구들과 캠핑장에 놀러 갔다.

그중 한 놈이 앉자마자 불쑥 황금 마이크를 꺼내더니,

자그마치 진도아리랑을 부르는 게 아닌가!

야 이 새끼야! 난데없이 이게 무슨 말도 안 되는 짓이냐….

하다가.

나도 따라 불렀다.

다들 따라 불렀다.

대학 때 기분도 나고 완전 신났더랬다.

사실, 국문과 나온 애들은 다 이렇게 노는데….

국문과 나왔다고 말하고 노래했으면 좀 덜 창피했을 것 같다.

전자공학과 애들처럼.

SK하이닉스 광고, 2018

Ajaes-say
식사류

Anger

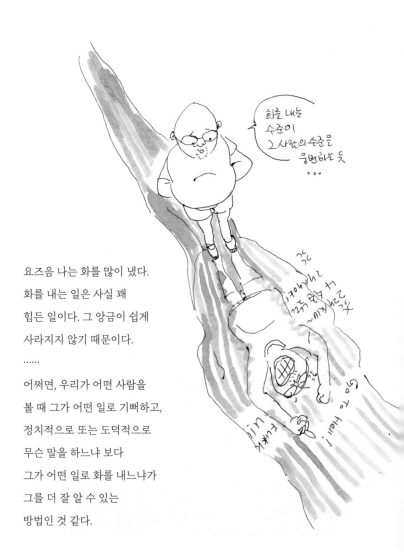

요즈음 나는 화를 많이 냈다.
화를 내는 일은 사실 꽤
힘든 일이다. 그 앙금이 쉽게
사라지지 않기 때문이다.
......

어쩌면, 우리가 어떤 사람을
볼 때 그가 어떤 일로 기뻐하고,
정치적으로 또는 도덕적으로
무슨 말을 하느냐 보다
그가 어떤 일로 화를 내느냐가
그를 더 잘 알 수 있는
방법인 것 같다.

Ajaes-say
식사류

12월 브루클린 다리에서

잠시는 십 대 시절을,

또 잠시는 올해의 기억을 떠올린다.

외로움을 부당한 일로 여겨 저지른 실수들과,

내 한계를 인정하지 못해 분출한 분노,

성급했던 관계의 종식과,

그런 수십 년간의 실수로 만들어진

나를 생각한다.

Ajaes-say
식사류

2층이라 다행

추적추적 종일 비가 내리고,
하아하아– 종일 나는 한숨만….

도대체 이게 무슨 상황인지
모르겠다.

2층이라
안 죽어….

다행이다.

2.

찌개류

우리 몸을 이루는 원소들은 지구에서 만들어진 것이 아니라
초신성의 폭발로 날아온 원소들로 이루어진 것이라고 한다.
꼭 그렇게, 지금의 나는 부모님의 부모님, 그리고 그 부모님의
부모님에게 받은 무언가로 만들어진 일종의 찌개다.
그러니 나를 아빠로 둔 내 딸도(싫겠지만)
나라는 국물과 건더기가 섞인 찌개가 될 운명이다.
그렇다. 나는 감히 이렇게 말해본다.

우리는 모두 찌개다.

오늘의 이모

발심

본가에 다녀와서 생각해보니
어머니가 전화를 안 하시네.
애비야 잘 들어갔냐?
분가하고 한동안은 꼭 전화했었는데.

딸 사랑해, 하고 고백하면
쫌 그만해!
예전엔 아빠가 놀아주지 않는다고 울던 딸인데
이젠 내가 울고 싶다.

눈에서 멀어지면 부모 자식 간도 멀어지고
개똥도 늘 곁에 있는 놈 거라면 반갑다.
그러니 발심이 얼마나 중요하던가.
마음을 내어 다가가는 것
다가가 곁에 있는 것
곁에서 시간을 함께하는 것
발의 힘
발심

뭐?
그 뜻이 아니라고?

만약 가발을 쓴다면

중간쯤

아버지는 키도 크고 잘생기셨더랬다. 지금도 아버지의
반듯하고 큰 코를 보면 부럽다. 나는 그렇지 않다.
어릴 때 아버지는 늘 내게 말씀하셨다.
"보통이라는 거, 평범하다는 거, 중간은 간다는 거
이거 쉽지 않은 거다."

...

근데,
대학 가서 알았다. 아버지가 미리 니주를 깐 거란 걸.
나는 나름 내가 얼굴이 중간쯤은 되는 줄 알고⋯⋯.

...

아버지의 위로,
암튼 고마워요!

...

ㅋㅋ

(요즘 하도 얼굴 얘기가 많길래. 어제 영화 〈관상〉도 봤고)

새옹지마

젊은 시절의 아버지는 어머니에게 니네 아버지,

혹은 성질머리라고 불렸다. 물론 우리는 아빠라고 불렀지만……

그야말로 성질이 불같아서 5분 전 상황이랑

5분 뒤의 상황이 아버지 기분에 따라 완전히 달라졌었다.

그때 그 '니네 아버지' 승질 때문에 벌어진 아버지와의 일들은

신약을 한 권 쓸 정도다. 어머니복음, 큰아들전서, 둘째아들후서,

셋째아들계시록…

성질로 흥한 자 성질로 망하리니…

그런데 아버지가 일을 그만둔 뒤로는 어머니에게 꼼짝을 못 하신다.

그래도 십 년 전에는 "왜 나만 갖고 그래."

볼멘소리 정도는 하셨는데 이제는 정말 꼼짝 못 하신다.

왜냐하면 어머니가 사자후를 개발했기 때문이다.

"그렇게 맘대로 하고 싶으면 내가 팩 죽어버릴 테니까

나 죽고 난 다음에 해!"

그리고 그게 지금은 정말 대단해져서

어머니는 여래신장도 운용하신다.

"쓸데없는 소리 하려거든 잠이나 자!"

하며 무기를 휘두르시는 거다.

인생 새옹지마다.

앙갚음

중학생 때부터였던 것 같다. 어머니가 같은 말을 두 번 하는
게 싫었다. 그래서 "매번 엄마가 뭘 알아?"라고 했었다.
대학에 갔을 때 즈음 어머니는 식탁에서 내게 이렇게 말을
붙이곤 했다. 어제 신문을 보니까…, 화제를 공유하고자 하는
어머니의 노력은 눈치챘지만 난 받아들이지 않았던 것 같다.
못됐다.

...

"알았어, 알았다고 그만 좀 말해."
오늘 중학생 딸에게 들은 말이다.
그 말이 꽁꽁 얼어붙은 텅스텐 맛 앙갚음 같다.
게다가 그 위에 우스꽝스럽게 혓바닥까지 붙은…?
나는 대꾸도 못 했다.
어쩌랴, 어머니가 그랬듯이 신문이라도 봐야겠다!

우왕좌왕

어머니가 혼자 가면 노인네 어려워하실까 봐 병원에
모시고 갔다. 채혈은 선착순이라 새벽 6시부터 부산을
떨었는데 간호사가 오늘이 아니란다.

아니, 분명히 오늘이었는데…

하고 다시 보니 아니다.

간호사 눈엔, 아들 노인이 더 늙은 노모를 데리고 와서

우왕좌왕한다고 생각했겠지.

제길!

대환장 비뇨기과

한두 시간 정도 종합병원 비뇨기과에 앉아 있었던 적이 있었다.

대부분 환자가 귀가 먼 노인들이라 간호사는 똑같은 질문을

점점 톤을 높여가면서 네 번 다섯 번 반복해야 했다.

그걸 계속 듣는 나도 미칠 지경인데 간호사는 오죽할까.

질문은 대강 이런 거였다.

"아휴 쏘련은 안 가봤어." "소변 아니, 오줌 누셔야 하는데 참고

오셨냐구요." "아, 대충혀." "하루에 오줌 몇 번 누세요?"

"아, 한 댓 번은 더 허지?" 진짜 미친다.

근데 갑자기 궁금하네… 나는 하루에 소변을 몇 번 보지?

다들 아나?

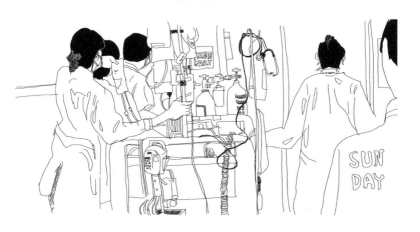

"Monday is comming!"

마흔일곱 살 어린 핏덩이

요새 아버지는 항상

"팔십까지 살았으면 많이 살았지." 하신다.

그럼 나는 이렇게 대답하곤 한다.

"막내가 이제 마흔일곱이에요. 오십도 안 된 핏덩이를 두고

어딜 가신다는 거예요."

Ajaes-say
찌개류

소용없는

Ajaes-say
찌개류

보람찬 하루 일을
끝마치고서

저녁 늦게 손톱을 깎는다. 새삼스레 군대에서 일요일 오후에 있던
'개인 정비' 시간이 생각났다. 빤스도 빨고, 옷도 다리고, 편지도 쓰고….
그때 하던 일 중 하나가 손톱 깎는 거였다. 그때처럼 손톱을 깎으며
오늘을 개인 정비해본다.

아침에 일어나 식사 준비를 돕고, 딸을 학원에 태워다 준 게 9시 반.
주유하고 돌아와서 화장실 청소, 빨래 널고 걷고, 고장 난 거 좀 고치고,
집 안 청소랑 설거지하고, 침구 교체한 뒤에 분리수거까지. 그리고
반품시킬 물건 때문에 애를 좀 먹고 나니 딸이 돌아왔다. 이때가 오후
3시.

저녁 식사 거리로 두부전골을 만들고 잠시 앉아 일을 했다. 일한 지
한 시간이 채 안 됐을 때 딸이 시킨 닭이 배달 온다. 신메뉴라는 이
치킨은 옛날 양념통닭에 마요네즈 듬뿍 바른 맛이었다. 그렇다. 치킨도
레트로가 유행이다.

밥 먹고 다 같이 천변 산책하고 마트에 간다. 마트에서 딸은 채소, 나는
고기, 아내는 과일을 골랐다. 돌아오니 8시.

사 온 물건 정리하고, 설거지하고 빨래 널고, 머리 깎고 씻고, 그리고
마침내! 손톱깎이를 든다. 이때가 10시 반!

순간 나는 군대에서의 '개인 정비' 시간이 떠오른다. 그래서 나는 손톱을
깎으며 군가를 흥얼댄다.

"보람찬 하루 일을 끝마치고서 두 다리 쭉- 펴면 군대 내무반……."

:
:

이것 참 아무것도 아닌 이걸로 소설도 쓸 수 있겠다. 그렇다면 다변의 끝은 과연 무엇일까…. 괴물을 상대하는 자는 스스로 괴물이 될 것을 경계해야 하듯, 다변을 꿈꾸는 나는 쓸데없이 말 많은 놈이 되는 것을 경계해야겠다!!! 옴마니밧메훔!

그나저나 두부전골은 어떻게 됐나.

온몸으로 안녕

화이자 백신을 맞은 기념으로 맥주 한 캔 하려고
마루로 들고 나왔더니 와이프는 보던 티브이를 끄고 뭐 하는 짓이냐며
고함을 질렀고 딸은 "냅 둬. 온몸에 두드러기 나고 아프라 그래."
하고 저주를 퍼부었다.

그래서 '안녕. 맥주'를 온몸으로 표현해봤다.

안녕. 맥주.

애가 싫어한다고

갑자기 뭐가 생각나서 딸 방문 앞에서 물었다.

딸! 아빠가…,

아 시끄러.

딸이 말했다.

알았어.

아내가 물었다.

왜 그래! 뭐?

아니, 딸이랑 같이 음악을 한다면

아빠가 무슨 악기를 하면 좋을지 물어보려고 했지.

무슨 소리야. 그걸 왜 갑자기 물어?

아니, 그냥 생각나서 그랬지.

술 취해서 이상한 얘기하는 거 애가 싫어한다고.

알잖아!

네. 근데 나 이상한 얘기 안 했는데?

자기 취했어?!

네.

and.

개학한 아내는 일을 하고, 남편은 들어와 술을 더
마시고 있다. 남편은 미안한 마음에 이렇게 말한다.
"자기를 향한 내 마음을 어떻게 전할지 모르겠네."
"그건 가만있어도 어떤지 다 알아."

⋮

조용히 술 마시는 나.

Ajaes-say
찌개류

···AND

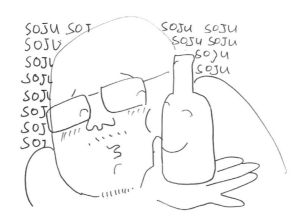

세상 돌아가는 이치

뜨거운 물이 잘 안 나온다고 아내가 내게 화를 내길래
바로 다음 날 관리실에 말해서 고쳤다.
남자들은 이렇게 여자에게 혼나지 않으면 아마
도저히 샤워를 할 수 없을 때까지 그냥 있었을 거다.
"히익! 찹다 차워! 우이히!"
이러면서.

이런 게 세상 돌아가는 이치…….

PTSD

난 마감이 코앞이라 〈D.P.〉*를 피하고 있었는데,
딸이 다 보고 마지막 편 안 봤다고 해서 같이 봤다.
끝나고 아내가 자기 친구 아들이 군에서 힘들었다는
이야기를 진지하게 한다. 나는 화가 났다. 내 군대
생활은 어땠냐고 먼저 물어봐야 하는 거 아니야?
지금 친구 아들이 중요해?

...

아, 이 드라마 진짜 PTSD* 돋네…….

* 〈D.P.〉 넷플릭스 드라마 / 한준희 감독 / 정해인 주연
* PTSD 외상후 스트레스장애

Ajaes-say
찌개류

어쩌면 병

작업을 한다.
귀 막고
눈 가리고
입 막고…

오직 종이와 펜
그리고 자판만 보고
대화를 한다.

한바탕 작업이 끝났을 때 후배가 찾아왔다.

형, 강신주가
말한 것처럼
나도 내 인생의
주인공이 되고
싶어요.

나는 그렇게 생각하지
않지만 말하지는 않겠어.

하지만
결국

여성호르몬 분비로
폐경 위기에 놓인 중년.
수다 폭주!

모든 건 그저 우연에 불과하다. 너는 마침 봉인을
뜯은 수다를 만났고, 주인공이 되는 일에 실패했다.
하지만 또 어떤 우연은 너를 진짜 주인공으로
만들어주겠지. 이번엔, sorry

결혼 17년 차 훈련

결혼 2년 차에 변기 커버를 꼭 내리는 훈련을 통과했다.

10년 차 즈음 앉아싸기를 시작했다.

17년 차인 요즘은 변기 뚜껑 덮는 훈련을 받는 중이다.

후진 시간

멋진 사람이 되고 싶었다. 그렇지만 후지고 후진 시간을
지내야 했다. 그리고 요즘 다시 멋진 사람이 되고 싶다.
그런데 그사이 세상이 너무 바뀌었다.

^^

Ajaes-say
찌개류

The thousand-yard stare

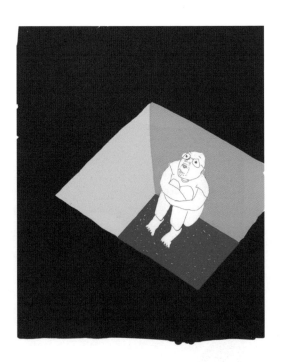

3.

주류

미국의 코미디언이자 드라마 감독인 루이의 취미는
대마를 하고 3D 아이맥스 영화를 보는 거라고 한다.
뉴욕에 살았다면 혹시 나도 루이처럼 대마를 하고
아이맥스 극장에 갔을지도 모르겠다.
하지만 여기는 대한민국.
대마를 하고 극장에 갈 수 없기 때문에
몇 년씩 키우다 죽은 아이템들을 인삼주처럼
담아 마시고 취하는 것으로 대신하는 중이다.

오늘의 이모

Ajaes-say
방금 · 🌐

USB

예전에 뭔가 찾으려고 집 안 여기저기를 뒤지면
곳곳에 숨은 문방구를 발견하고 득템한 것처럼 신났는데,
요즘 뭔가를 찾으면 USB 메모리가 여기저기서
발견된다. 그런데 문제는 이제 거기에 뭐가 들어 있는지
궁금하지도 않다는 거다.

하긴 대부분 몇백 메가짜리 USB인데
겨우 몇백 메가에 뭐 얼마나 대단한 게 들어 있겠어,
하는 거지.

이게 불과 10년의 차이다.

👍❤️ 63   댓글 63개 공유 63회

이O선
포기하지마~~ 인생의 호기심과 열정을…

이게 언제 적 얘기?

* 오늘의 자랑 *

목요일마다 수련관에서 그림을 배운다. 아줌마들 사이에 청일점이라
온갖 유혹아 난무 입 다물고 그림만 그리는데 이런 말이 들린다.

미생 얘기로 ~~시끄러웠다~~. 이야기꽃을 피웠다.

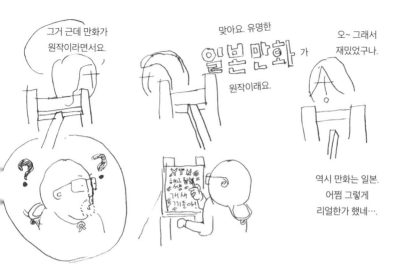

그거 근데 만화가 원작이라면서요.

맞아요. 유명한 일본만화가 원작이래요.

오~ 그래서 재밌었구나.

역시 만화는 일본. 어쩜 그렇게 리얼한가 했네….

나는 이 수업의 청일점이기 때문에
입 다물고 그림만 그렸다.

ㅎㅎㅎ
괜찮아.
괜찮아.

야 모자 벗어봐.

뭐야! 저 새끼 죽여버려!

너 정말 안 되겠구나.

Ajaes-say
주류

가위눌림

요즘은 밤마다 악몽을 꾼다.

누군가 내 위에 올라타고 있다.

그런데… 아무리 해도 떨쳐낼 수 없는

이를테면 가위눌리는 기분이랄까….

내가 용기를 내어 물었다.

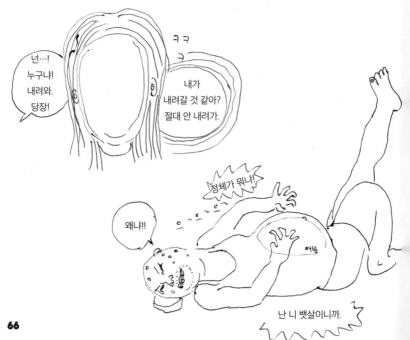

넌…!
누구냐!
내려와.
당장!

내가
내려갈 것 같아?
절대 안 내려가.

정체가 뭐냐!

왜냐!!

난 니 뱃살이니까.

Ajaes-say
방금 · 🌐

...

울음이 많아진다

점점 울음이 많아진다. 살면서 눈물이 많아지는 게 정상이라지만 울어도 너무 많이 운다. 화면 속에서 누가 울면 따라 운다. 감동적이라는 '생각'만 해도 운다. 뭔가 뭉클한 게 '떠올라'도 운다. 어떤 멜로디가 좋다고 운다. 문득 방에 뛰쳐 들어와 희망 없이 탈출구를 찾는 무당벌레 때문에 운다. 포도를 때리는 빗소리에 운다. 아파트값이 뛰어서 운다. 잘되는 놈 때문에 속상해서 운다. 취한 밤 술 더 못 마시게 해서 운다. 정수리에 선크림 발라야 하나…, 안타까워 운다. 절대 용서 못 해! 絶対許さない! (젯다이 유루사나이!) 하면서 운다. 이제야 잘 듣는다는 게 뭔지 조금 알 것 같아서 운다. 그저 무심히 흘려보낸 것들이 너무 많아서 운다. 모기 물린 데가 간지러워 운다. 어차피 늙을 것을 좀 더 진지하게 살 걸 후회돼서 운다. 좋아요도 별로 못 받는 페이스북 해서 뭐하나 운다.

아무튼 울음이 너무 많다.

👍❤️ 67

댓글 67개 공유 67회

백○수
뚝!

김○진
시끄럽다

오○준
토닥토닥

↳ **정윤섭**
넵.

↳ **정윤섭**
저리 치워! 울거야!

박○정
죄송해요. 정수리에 썬크림 대목에서 빵 터졌어요. 😂

각오가 달라

술을 마시면 끝장을 보려고 한다.

그래선가 술 마신 다음 날은 완전 공친다.

술은 오후 4시나 되어야 깨고 저녁에는 일이 손에 안 잡힌다.

분명히 옛날엔 안 그랬는데……

그래서 술 마시면서 내일이 걱정되면 내가 나한테 이런다.

"야, 옛날엔 술 다 마시고 일 다 했어!"

"너 요즘 다음 날 맥 못 추는 거 잘 알잖아?"

"그랬나?"

"모른 체하기는. 뻔뻔한 새끼."

"맞아. 인정해. 그랬지. 그간 내가 좀 처져 있었기 때문에 그런 거야.

난 달라질 거야!"

"정말?"

"봐. 나 요즘 각오가 달라. 내일은 틀림없이 일할 거야."

"오호, 쫌 감동적인 걸? 자, 마셔!"

오늘도 공친 거 같다….

목젖을 치는 쾌감

친구가 말했다.

"내가 관찰해본 결과, 제일 맛있는 맥주는 캔맥주야.

왜냐하면 캔을 마실 때 생기는 각도가 딱 목젖을 치게 되어 있거든.

그게 진짜 시원하다는 쾌감을 주는 거야.

그래서 맥주는 캔이 맛있어."

오오! 일리 있다! 하고 생각했다.

그러다 목젖… 목젖이라….

보통 특별한 쾌감을 과도하게 추구하는 사람을 변태라고 한다.

그래서 지금 기자 하는 그 자식이 대학 때 그렇게 토했나?

목젖을 치는 그 아찔함을 반복하고 싶어서 핑계 삼아 술을 마셨겠지.

그리고 지금은 그 핑계가 또 특별한 쾌락이 된…….

그만. 그만.

자꾸 연상하는 니가 더 변태 같아.

그만.

Ajaes-say
주류

술 자알 마셨다!

몇 달 만에 베트남이 와서 친구들이 뭉쳤다.

꿀피부 : 내가 옥시 여드름약만 안 썼어도 완전 꿀피분데 ㄱㅅㄲ들!

베트남 : 쏭카 타 봤냐~?

안데스 : 나무 심으러 가고 싶다.

떠벌이 : …….

작가 : 작년, 재작년, 재재작년 하고 똑같애. 되는 일이 없어.

돼지 : 난 이게 무슨 술자린지 모르겠다.

꿀피부 : 나는 가족과 나를 위해 기도한다고.

돼지 : 그래? 난 나를 위해 기도하는데?

꿀피부 : 그래! 내가 나를 위해 기도한다고 말했잖아.

돼지 : 야, 나 교회 안 다녀.

꿀피부 : 뭔 소리야?!

친구들 : 야! 떠벌이 넌 왜 아무 말 안 해?

떠벌이 : 아니, 내가 말을 안 하는 게 아니라,
　　　　 기회가 없었던 거지. 안 그래도 내가 하고
　　　　 싶은 얘기는 국제적인 범죄 시효가…….

친구들 : 야. 술 마시자. 술 시켜. 술.

친구들 : 야, 안데스 니 생각은 어때?

안데스 : 나무를 심어야 한다고 생각해.

친구들 : 그래, 늦게 와서 모를거야.
　　　　 술 먹자. 술 먹어.

작가 : 야 베트남~ 잘 들어갔냐? 니가 사고를 안 치니까

　　　좀 어색하더라. 별일 없었지?

베트남 : 야! 당근 사고났지. 집에 들어가다 자빠져서

　　　얼굴 긁고, 안경 깨지고, 이빨 나갔다!

...

이제 술 마시면 조심하자.

Ajaes-say
주류

봄 반찬

봄 반찬을 사다가 통에 넣었다.

점심을 먹으려고 냉장고를 열었더니 통에 담아 놓은 반찬이

깜쪽같이 사라졌다! 이게 무슨 일이란 말인가?!

심장이 조여오고 손발이 떨렸다. 누구냐. 누구 짓이야?

내가 분명히 찬장에서 빈 통을 꺼내서…….

찬장에 있었다. 그 봄 반찬.

내가 냉장고에 안 넣고 찬장에 넣었다.

내가 많이 아프다.

Ajaes-say
주류

못난이 삼 형제

언젠가 동생이 유튜브를 해보려고 자길 찍었는데.

세상에 너무 못생겼어! 하길래 실컷 비웃어줬는데…….

돌아서 생각하니 동생이나 나나 도긴개긴. 삼 형제가 붕어빵이다.

생각해보면 내가 사람들에게 어떤 농담을 하면 와이프는 늘

인상을 찌푸리거나, 내 팔을 잡아서 제지하곤 했다.

같은 농담을 글로 써서 보여주면 웃는 그녀가 말이다.

그러니까 사실 한 대 후려치려던 걸 가까스로 참은 거였을지 모른다.

우리 형제끼리는 누가 농담하면 꼭 싸웠으니까. 뭐라고?! 이러면서…….

결국 얼굴이 문제다. 내 뛰어난 패션 감각도 결국

'패완얼'에 좌절되듯 말이다.

어른들이 얼굴 뜯어먹고 사냐? 하지만 옛말이 그렇듯이

얼굴 뜯어먹고 사니까 나온 말이 분명하다.

이상의 결론으로 얼굴은 결혼에 심각한 영향을 주는 게 틀림없다.

뜻밖에 1승인데 상처뿐이다.

(이번 생은 망했다)

내가 옆집 카페 여자 손님과

내가 옆집 카페 여자 손님과 화장실에서 마주쳤을 때…

면도했다

그래.
그런줄 알고는 있었다
사람들은 타인에게 관심이
없다는 것을 …

말도. 회사에 있는 사람들도 모두
나의 10여년만의 변화을
눈치채지 못하고 있었다.
인생은 드꼬라이다.

by NOTE8
ohilGood

날이 춥다

어젯밤부터 눈이 왔다.

작업실로 나오는 길목에

눈 내린 처마 밑에 만든 노숙자의 잠자리를 봤다.

종이 박스로 바람막이를 해놓았다.

잠자리의 주인은 보이지 않았다.

어디로 갔을까… 밤새 추웠을 텐데.

길을 가는데 누군가 내게 길을 물었다.

육십은 넘었을 작고, 거친 주름이 많은 아저씨였다. 그는 이 추위에도 낡고 때가 꼬질꼬질한 얇은 잠바만 하나 걸치고 있었다.

그가 보여준 종이는 서류 봉투를 찢은 거였다. 왜 봉투를 찢어 들고 왔는지, 왜 그곳을 찾는지도 궁금했지만, 제일 먼저 눈에 들어온 것은 그의 거칠고 상처투성이인 손이었다.

그리고 그의 얼굴… 주름투성이 얼굴에 보철한 앞니와 빠진 송곳니도 눈에 들어왔다. 그의 삶이 어떤지 여실히 보여주는 증거들이었다.

길을 건너가는 아저씨를 보니 조금 전
비어 있던 노숙자의 잠자리가 떠올랐다….
아무 연관도 없었지만 그랬다.

날이 추웠다.

…

그냥… 모두들 춥지 않기를 빈다.

아무도 모른다

창문을 열었더니 고양이가 애절하게 운다.
무슨 일일까? 혹시 위험한 상황에 처한 건 아닐까?
생각하다… 만다.

창문을 닫으며,
그래, 그러고 보니 우리 인생도 저 꼴이다.
저렇게 처절하게 처울어도 아무도 모른다.

아빠 체할 거 같애!

저녁 약속이 없을 땐 5시만 넘으면 밥을 먹으러 간다.
아무도 없는 식당에서 제일 맘에 드는 자리에 앉아
느긋하게 저녁을 먹는다. 뒷자리에 일찌감치 술 마시러 온
젊은 친구들이 앉아 직장 상사 흉을 본다.

"염색 안 하면 완전 백발."
"몇 살인데?"
"서른셋, 넷쯤?"
"와-! 나이 많네."

이런 대화. 갑자기 어디선가 날 가리키며
"야, 니네 아빠 밥 드신다!"
할 것 같아 후다닥 식당을 나왔다.

아빠 체할 거 같애, 이것들아!

신박한 내 집 갖기

오늘 들은 집에 관한 신박한 이야기!

일단 가지고 있는
집을 전세를 주고
전세금 5억을
확보한다.

그리고 전세를
얻는다고 속여서
은행에서 또 5억을
빌린다.

이렇게 해서 10억이 만들어졌다.

그렇다면
나는
과연

돈을 조금 더 보태서 B-2 폭격기를 산다.

씨원~하게 풍선을 쏜다.

10억 전세 끼고 20억 짜이를 산다!

가만,
다 전세 주면 나는 어디 살지?

대면피싱

한 놈이 11시 반쯤 점심 먹으러 왔다. 차 있으니까 조금 멀리 가자 하길래
좋다 했다. 차 타고 가면서 자기가 지금 촬영하러 가는 길이란다. 어디냐?
가평 쪽이다. 좋다. 막국수 먹자!

지도에서 막국수집을 찾으며 장마라더니 날씨만 좋네 했더니, 놈은 밥 먹고
촬영하는데 짐 좀 내려줘 한다. 그래서 촬영이 얼마나 걸리냐 물었더니
한 시간이면 될 거야 한다. 나는 좋다 했다. 막국수집에 갔더니 손님들이
닭갈비를 먹고 있다. 닭갈비 먹을까 하길래, 그냥 얼른 국수나 먹고 가자
했다. 엄청 맛있어 보였는데 참았다. 촬영장 가면서 몇 시에 촬영이냐고
물었더니 3시란다. 야! 나 그냥 점심 먹으러 나온 건데? 했더니 놈은
자기 처남이 구리에 맛난 고깃집을 한다며 끝나고 고기 사줄게 한다.
구리에서 길 물을 때 그 집 가기 전에, 그 집 지나서 하고 말할 정도로 엄청
유명하다길래 좋다 했다.

촬영이 시작됐다. 6시에 끝났다. 근데 인터뷰이가 밥 산다 그러는 거다.
그랬더니 친구 놈이 좋댄다. 갔더니 청국장이 나온다. 구리 이정표 고기는
못 먹고 설악 청국장 먹었다.

저녁 먹고 돌아오는 길에 이거슨 웬 '대면피싱'인가 생각했다.
점심 먹자더니…… 일기 예보는 장마라더니…….
나도 속고 하늘도 속았다.

빌런 1일 차

십 대 때는 "내가 전쟁 때⋯⋯."

하는 말을 많이 들어서 전쟁 날까 무서웠었다.

이십 대 땐 끌려가 고문받을까 무서웠고,

삼십 대 땐 성공 못 할까 두려웠다.

사십 대 땐 이몽박논해 때문에 나라 망할까 겁났더랬는데⋯⋯.

그러다 어느새 오십이다.

돌아보니 결국 세상의 부스러기로 반세기를 살았다.

내가 사라신대도 날 그리워할 사람은 없겠지.

그러니까 오늘도 더럽고 지저분하게 살아보자고 다짐해본다.

빌런 1일 차!

Ajaes-say
주류

No cash

음식물
쓰레기봉투를
사러 갔는데

현금이 없는데
현금밖에 안
받는단다.
천 원. 천 원.

아침에 보니까
음식물 쓰레기 봉지가 없다!
그럼 곤란할 텐데….
난 저녁에 늦게 오니 가게가
이미 닫혀 있을 때가 많다.

그렇다면 어떻게든
지금 사놔야 급한 대로
내일 아침에는 쓸 수 있다.
결국 돈을 뽑기로 했다.

집 주변에는
내가 거래하는
은행이 없다….

돈을 찾았다….

그런데 수수료가
팔백 원!

어라? 봉투는
천 원짜린데
수수료가 팔백 원?

"뭐지? 이 기분은?"

바보인증

끝.

김태희를 만나다

친구랑 도서관에서
책을 읽는데 태희가
편지를 들고 친구 뒤를
서성이며 내 눈치를
보는 거다.

혹시 저 편지를 나한테
전해달라고 친구에게
주는 건가?

친구 옆에 편지를
놓는 것을 보고
재빨리 낚아챘다.

결국 편지를 뺏어서 열어 봤다!

꿈이라 다행.

Ajaes-say
주류

2018년

삭풍이 부는 시절

매서운 찬바람을 뚫고
마음속에 가득 담은
더러운 단어들을
버리기 위해

대나무 숲을 찾아야
했던 지난날…

밝아오는 새해에는
더 이상 그럴
필요가 없습니다!!

병신년! 감사. 감사. 드뎌 말문이,

언로가 트이는구나.

병신년? 내년은
을미(乙未)년인데?
2016년이 병신년이야.

냅둬. 희망은 좋은거.
배신당해도 언제나 좋은 게
희망이지.

2044년

2044년에 10일짜리 연휴가 있단다. 다들 좋아라 한다.

직장인이 아닌 나도 기대된다. 오오, 10일짜리 연휴라니.

완전 방학이잖아! 근데 44년이 오긴 오냐? ㅋㅋ

키득대다가 문득 정색을 하게 된다.

오기 때문에. 반드시 오기 때문에! 23년 뒤에 오기 때문에.

내가 죽지 않는다면 그날을 맞이할 거기 때문에!

2000년이 시작됐을 때 내가 2021년에 살고 있으리라고는

상상하지 못했다. 현실감이 없었다.

하지만 이번은 그 반대다. 현실감 쩐다.

심지어 23년 뒤 그날이 오면 나는 지금 SNS에

그날을 얘기하는 바로 이 순간을 떠올릴 거다.

생각하니 완전 소오름!

(페북도 오늘 이 포스팅 기억하냐며 추천할 거다)

그날이 오면 도대체 내가 몇 살이야?

그날이 오면 걸어는 다닐라나? 내 이름은 기억하려나?

아이스하키는 할 수 있으려나?

오지 마라 열흘짜리 연휴. 필요 없다 그날.

제발 오지 마라!

87학번 멍충이

87학번이니까… 나도 별일이 다 있었다.

(그니까 영화 〈1987〉의 김태리 동기)

그때 내가 쫄보인 걸 알았는데, 인정하는 데는

수십 년이 걸렸다. 그뿐 아니라 멍청한 것도 알았다.

1987년, 88년엔 많은 대학들이 국가의 대소사에 참견하느라

중간고사를 번번이 거부했고, 그 바람에 2년간

계속 기말고사만 쳤었다. 그러다 3학년이 돼서 중간고사를

보게 됐을 때 내가 화를 얼마나 냈던지….

갑자기 중간고사를 치른다니 말이 돼? 아니, 왜?

학생들을 학교에 붙잡아 놓으려는 음모야! 진지하게 이랬다.

원래 중간고사가 있었다는 걸 까먹었다.

아찔할 정도로 멍청이었다. 진짜. ^^

30년 만에 다시 온 유혹

지난 금요일. 굉장히 기분이 묘했다.

이런 경우는 처음이었는데….

(아니, 20대에는 그랬지만 근 30년 만에)

내 몫의 냉면과 불고기가 나왔을 때 북적이는

가게에서 마침 옆자리의 사람들이 식사를 마치고

나갔다.

손님이 밀려 있는 통에 상을 치우는 데는 시간이

걸릴 것 같았다. 그런저런 생각을 하는 순간!

옆자리 손님이 남겨 놓은 고기를 내 몫으로

가져오고 싶은 강렬한 유혹에 빠졌다.

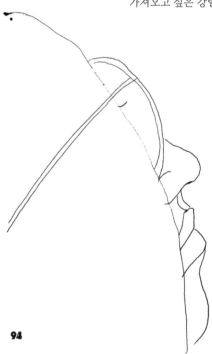

이것은 케네디가 쿠바로 항공모함을 보낼 때,

히틀러가 소련으로 군대를 보낼 때…

느꼈을 법한 강렬한 유혹과 갈등이었다.

"잽싸게 가져오면 돼! 아무도 못 볼 거야!"

"어차피 남긴 거잖아. 지구환경을 위해 괜찮아!"

"저거 가져와서 합치면, 냉면은 정말 천상의 맛일 거야!"

"니가 그거 가져와도 누가 뭐라고 하지 않아!"

......

나는 과연 못 말리는 배불뚝이 중년 철면피였다!

아침에 바쁜 가사를 마치고
화장실에 가서 새끼들이 잘
있나 보는데… 세상에

알 하나가 도망갔다!

헛된 생각을
떨치고 자기의
천성을 깨닫는
경지…

이제 곧 나머지도
스스로 떠나면 나는…

나라도
정위치!!

앗!
너 어디
갔었어!
찾았잖아!

저 계속 여기
있었어. 그는
파묻혔었어.

HAPPY ENDING

4.

주방장 추천

결국 이 모든 일은 딸이 시작이다.
그림을 그리는 일도, 거기에 뭔가를 쓰는 것도,
나를 조금 더 객관적으로 마주하게 된 것도,
이를테면 딸은 나라는 요리의 주방장이랄까.
맛은 모르겠다. 하여간 모두 딸 때문이다.

미워 죽겠다.
너무 미워서 나는 끝내 눈을 감지 못할 것만 같다.

오늘의 이모

Ajaes-say
방금 · 🌐

시간아 어서 가라 기도한다

빨리빨리

반백 년짜리가 전자레인지 앞에서

시간아 어서 가라 기도한다.

밥상에 앉은 우리 딸 계란찜 줘야 해.

시간아 어서 가라!

딸이 사춘기가 됐을 때 난 말해주고 싶었다.

십 년 전 너와 소꿉장난하던 아빠는

그렇게 철없고 유치한 사람은 아니라고

가만히 보는 내게 딸이 말했다.

아빠 나 쫌 그만 좀 봐!

알았어.

지이잉

전자레인지 앞에서 계란찜 되기를 기다린다.

반백 년짜리라 시간 가는 거 극혐인데도

행여나 딸이 계란찜 못 먹을까 봐

빨리빨리

시간아 어서 가라 기도한다.

솔로 크리스마스

아빠가 결혼은 했지만
여자 친구가 없기 때문에
아빠는 솔로 크리스마스이

흑역사

딸과 여행을 끝내고 집으로 가고 있었다.

나는 내 인생에 이런 일이 또 있을까 싶을 만큼 너무 화가 나 있었다.

도저히 화를 누를 수 없었던 나는 그대로 있으면 방방 뜰 것 같아서

택시에서 내리자마자 짐을 들고 마구 집까지 뛰었다.

이 장면은 나의 모든 흑역사 속에

진주 같은 장면이 될 것이다.

집으로 뛰쳐 들어와 가방을
집어던지고 부들부들 떨었다.
어찌할 바를 모르고 펄쩍펄쩍 뛰었다.
그 뒤로 한 시간이나 나는 딸을
야단쳤었다.

이런 역사적 사건은
이렇게 시작됐다….

집으로 돌아오던 시간은 아침 8시.
배가 고팠던 우리는 버스 정류장 앞에
있는 콩나물국밥을 먹기로 했다.

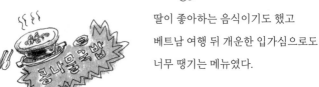

딸이 좋아하는 음식이기도 했고
베트남 여행 뒤 개운한 입가심으로도
너무 땡기는 메뉴였다.

버스에서 내리자마자 딸은
안 먹겠다면서 짜증을 냈다.
이유는 가게 안에 경찰들이
밥을 먹고 있다는 것이었다.

딸이 짜증을 내자 나도
짜증스러워지기 시작했다.

국밥집에서부터 시작된 "콩나물국밥 안 먹을 거라니까!"라는 말은
어떤 제안에도 똑같이 반복되었고 그만큼 짜증도 쌓였다.
결국 택시 승강장에서 택시를 탔다.

가끔 그렇다. 딸은 딱 한 가지만 얘기한다.
대안을 제시할 수도, 물러설 수도 없게 한다.
그것이 무척 나를 불편하게 한다.

너무 화가 나서 택시에서 내리자마자
딸을 버려두고 짐을 들고 전속력으로 달렸다.
다시 돌이켜 생각해봐도 너무나 창피한 일이었다.
생은, 흑역사로 점점이 채워지는
부끄러움의 역사가 아닐까….
나의 부끄러움은,
먼 훗날 딸과의 재미난 사연이 될 것이다.
부끄러운 짓들이란 그 사연을 함께 한
당사자들에게 나의 모습을
솔직하게 보여주는 일이다….

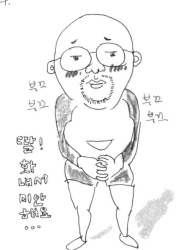

뽑기

젊을 때는 앞뒤를 너무 가리지 못했고,
결혼을 하자 열정이 식었다.
그때는 모든 것이 제자리에 있지 않고,
모든 일이 뜻대로 되지 않는 것이
운 탓이라고 생각했다. 남 탓이라고 생각했다.
아이가 태어나자 이제는 미래도 사라졌다.
이제 나는 과거가 됐고, 아이가 미래가 됐다.
그리고 이제 내게 돌아오는 것은 뜻밖에도 '성적표'다.
내가 살아온 인생의 성적표.
아이를 보면 내 인간성, 내 지성, 내 성정 등
모든 것에 대한 성적표를 보는 것만 같다.
누구의 아이가 된다는 것은 운에 불과한 일인데
우리 딸이 뽑기를 잘못한 것 같아 안타깝다.

...

아빠는 장난이 많고 잘 놀아주는
줄 알았는데 아니었구나

퇴근길에 아내에게 문자가 왔다.

PM : 11:00

집에 오면
딸이 밖에서
자고 있으니
안아서 방으로
데려와요.
난 못 들어.

딸은 워낙 잠투정이 심했다.

갓난아이 때부터 언제나 잠잘 때면 애를 먹였었다.

딸에게서 문자가 왔다!

아빠 안 오면 나 안 잘 거야.

나 진짜 안 잘 거야.
밤을 새워서라도 기다릴 거야.

그러니까 빨리.

딸 왜 안 자고 있어? 어서 자요.
아빠 지금 지하철인데 도착하려면
삼십 분은 걸려요.

나 안 잘 거라고!
아빠 오기 전까지.

엄마가 오늘 아빠 안 온다고
거짓말했어.

답해. 빨리!

딸, 잘 때마다 왜 그렇게
짜증을 내요. 그만하고 자요.

싫다고 했잖아!!!! 안 잘 거야!!!!

그만해요! 이제

답 안 할 거야! 자!

치사 빤스 똥꼬 바보
멍청이 똥개 그리고 내
맘을 몰라?! 치사해! 엄마도
아빠도 미워!

PM : 11:45

니 맘이 뭔데? 잠투정이잖아.
아니야? 얼릉   화 풀고 들어가
자요!

그만해요.
방에 가서
자요!

잠투정 아니거든.
기분이 엄청 상했는데
아빠까지 그러기야!

아빠는 장난이 많고
잘 놀아주는 줄 알았는데
아니었구나. 아빠한테
실망했어. 나 지금 아빠
답장 때문에 눈물이 계속
떨어진다고.

사랑 1

우리 딸… 내 눈에는 한없이 예쁜 딸. 벌써 6학년… 언제나 가장 사랑하는 사람.
우리 딸을 생각하고, 좋아하고, 사랑을 주면서, 죽음이 뭔지 무서운 것이 아니라,
어떤 완성, 어떤 삶의 과정… 이런 것으로 가끔 느낀다. 그것이 내 생각의 전부를
이루고 있다. 사랑이, 정말 무엇인지 이제야 알 것 같다.

내 맘도 모르고

결국 뛰쳐나가서 가는 택배를 붙잡아 수령함.

안 그러면 경비실까지 또 가야 하기 때문이다.

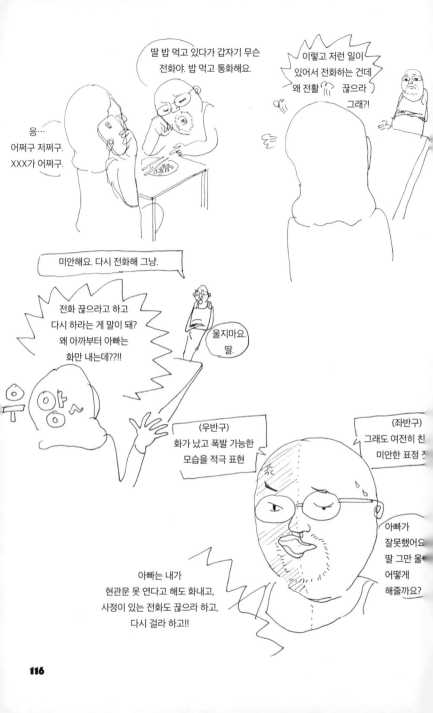

딸 밥 먹고 있다가 갑자기 무슨 전화야. 밥 먹고 통화해요.

응…
어쩌구 저쩌구.
XXX가 어쩌구.

이렇고 저런 일이 있어서 전화하는 건데 왜 전화 끊으라 그래?!

미안해요. 다시 전화해 그냥.

전화 끊으라고 하고 다시 하라는 게 말이 돼? 왜 아까부터 아빠는 화만 내는데??!!

울지마요. 딸.

(우반구)
화가 났고 폭발 가능한 모습을 적극 표현

(좌반구)
그래도 여전히 친 미안한 표정 ㅈ

아빠가 잘못했어요. 딸 그만 울 어떻게 해줄까요?

아빠는 내가 현관문 못 연다고 해도 화내고, 사정이 있는 전화도 끊으라 하고, 다시 걸라 하고!!

아빠 싫고, 밉고,
왜 내 맘도 모르고,
아빠는 아빠 하고 싶은
대로만 하고!

아빠는!
아빠가!
왜 아빠는!
자꾸 아빠는!
정말 아빠는!

나는 한동안 버스 정류장에 앉아 있었다.

결국 딸은 그저 아빠가 싫은 거였다. 이유는 없다…

그냥 그런 거야.

어쩌면, 아빠가 미운 게 싫은 게 아니라.

라면이 먹고 싶었던 건지도 모른다.

이제는 그저 견뎌야 하는 시간이 왔다.

맛있는 고깃집!

딸 오늘 저녁에
동네에 완전 맛있는
고깃집이 있는데. 거기서
저녁 먹으면 어떨까?
지~인짜 맛있는데!!

- - - -

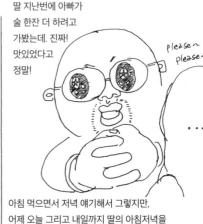

딸 지난번에 아빠가
술 한잔 더 하려고
가봤는데. 진짜!
맛있었다고
정말!

please~
please~

- - -

아침 먹으면서 저녁 얘기해서 그렇지만,
어제 오늘 그리고 내일까지 딸의 아침저녁을
책임져야 하는 입장에서… 필수적이다.

거기 가면 아빠 술 마실 거잖아.
술 마시고 싶어서 그런 거지??

아냐~ 아냐~ 진짜 한 병만,
딱 한 병만. 응?

Ajaes-say
주방장 추천

딸이 자란다!

딸이 크고 있다. 열한 살.
키도 크고 몸무게도 많이 나간다.
그것만큼 사랑도 커간다. 가만히
바라보기만 해도 행복한 기분이다.

우리 딸이 살아갈 세상에서는 누구의 딸인지,
집에 돈이 있는지, 얼굴이 예쁜지, 어느 학교를 나왔는지, 성적 취향이
소수자에 속하는지, 개인적 의견이 강한지… 그딴 것으로 차별받지
않았으면 좋겠다. 얼마나 소중한 딸인데……. 우리는 그저 조금씩 다를 뿐
모두 소중한 사람이다. 그 조금 다른 차이를 알아가는 과정이 필요할 뿐.

119

6th grade sense
씩스센스

친구 집에서 숙제를 하고 저녁에는
친구랑 우리 집에 와서 같이 밥을
먹겠다는 계획을 세우고 친구 집에 간 딸.
6시쯤 전화가 왔다.

아빠.
혜연이가 엄마랑
전화가 안 돼서 허락을
못 받았는데, 어떡해?
우리 집에서 저녁
먹는 거.

그래?
근데 딸 목소리가
왜 그래? 왜 그렇게
조그맣게……

아니, 혜연이네 언니가
중 2잖아. 그래서 그래.

언니가 옆에 있어?

응. 무한도전 봐.

중 2가 그렇잖아.
엄마한테 허락 안
받고 밥 먹으러
간다고 막 짜증 내고
그럴 거거든.

너 중 2가 그런 거
어떻게 알았어?

혜연이 언니가 그렇거든.

기분이 나빠

⑤

아빠! 왜그렇게 말귀를 못알아 들어!

⑥ 아빠. 나
Give me (기부니)
My phone . (나뻐)

아빠가 사오정이라
니가 고생이 많다.

바람

요즘, 통 그림을 못 그리고 있다.

세상도 정신없이 돌아가고,

세상이 마구 변하는 만큼 딸도 변하고…

8년 만에 나라가 결딴난 것을 생각하면

딸이 스무 살이 될 앞으로 8년은 지금보다

좀 나아졌으면 하는 간절한 바람이 생기기도 한다.

…

이 와중에 제일 슬픈 것은 딸이 더 이상

내 품 안의 자식이 아니라는 사실.

방에도 못 들어오게 하고 손도 못 잡게 하고

딸~하고 부르면 '아 또 왜!' 하고 신경질을 부린다.

…

슬프다.

요즘 , 통 그림을
못 그리고 있다.
세상도 정선없이 돌아가고
세상이 마구 변하는 만큼
딸도 변하고 ...
8년만에 나라가 겪었던난
것을 생각하면 딸이 20살이 될 앞으로
8년은 좀 지금보다 나아졌으면
하는 간절한 바램이 생기기도 한다.
...
이 와중에 제일 슬픈 것은 딸이 더이상 내품안의 자식이 아니라는 사실.
방에도 못 들어오게 하고 손도 못잡게 하고 딸~ 하고 부르면 ' 아 또 왜!'
신경질을 부린다 ... 슬프다.

보고 싶어

초밥을 왜 이렇게 많이 사?

딸이 친구랑 집에 와서 밥 먹겠다잖아.
친구들도 초밥 잘 먹거든.

사는 김에
핫윙도 샀어.

사는 김에
오렌지도
샀어.

점심시간

딸에게
전화가
왔다.

아빠, 나 점심 친구 집에서 먹고 가면 안 돼?

초밥은
저녁에 먹고
점심은 라면!

그냥 먹어.

초밥 식어~

그래도 딸이
좋아하는 건데.
저녁에 먹지 뭐~

저녁 시간

딸에게 다시
전화가 왔다.

아빠, 나 저녁 친구
집에서 먹고 가면 안 돼?

미워!

딸, 딸은 어떤 인생을 살고 싶어?

② 당연 즐거운 인생!!

③ 어! 그래? 근데, 즐거운 인생을 살려면, 혼자서는 안 되잖아.

④ 그러니까! 왜 주말까지 학원을 가고 난리냐고! 난 안 가는데 놀 친구가 없잖아! 젠장!

⑤ 딸, 참고로 그런 걸 철학에서는 유미주의라고 해⋯

⑥ 왜 아빠는! 내 얘기를 다 나쁘게 보는 거야! 미워! 정말 미워!

129

U know nothing.

사랑 2

어린 시절 집 앞 반지하에 살던
신혼부부. 어느 추운 새벽,
등교하는 내 앞으로 신랑이
허둥지둥 옷깃을 여미며
뛰어나갔다. 그리고 신랑을
배웅하며 골목 중간까지 따라
나왔던 신부는 얇은 원피스
차림으로 하얀 입김을 뿜으며
남편이 사라지도록 오래오래
골목에 서 있었다. 맨발에
민소매로 말이다. 그녀의 표정이
기억에 남는 이유는 그것이
사랑이었기 때문이었다.

그리고 수십 년 뒤 나는
등교하는 딸이 단지
밖으로 사라질 때까지
오래오래 지켜보고 있다.
그날 그때 그녀처럼…….

사랑 3

개학이다.
등교하는 딸의 가방이
무거워 보였다.

딸이 가다 말고
자꾸 뒤를 돌아본다.

또 가다가

또 돌아보고

...

4학년이 되면 시험도 봐야 한다.
영어도 배워야 한다… 걱정이 많겠지….

또 돌아본다….

왜 딸?

팬티가 자꾸 똥꼬에 껴!

끝

상관없어

엇! 딸! 지금 일곱 신데 벌써 일어났어??

응. 숙제해야 해. 어제 다 못 했어.

아침에 일어나니 딸이 벌써 깨어 있다.

뭐랄까 대견하면서도

뭐랄까 안쓰럽기도 하고

뭐랄까… 사랑스러우면서도…

딸! 그렇게 일찍 일어나면 피곤하지 않아? 수업 시간에 졸리면 어떡해.

상관없어!

푹~ 잔 날도 수업 시간에 졸거든!

상관없군….

Ajaes-say
주방장 추천

만지면 혼난다

손가락 발가락 모두 쪽쪽 빨던 땐

똥도 오줌도 귀여웠던 딸.

그걸 하나씩 못 만지게 될 때마다

한 뼘씩 자라 있는 딸.

이제 다 커서 만지면 혼난다.

배려

딸과 잠깐 이야기를 나눴다.

"아빠는 우리 가족이니까.

가능하면 서로 조금 배려하고 서로를 생각해주면 좋겠어.

자꾸 싸워서 하는 말이야."

딸은 말했다.

"아빠는 내가 술 좀 그만 마시라고 해도 계속 마시잖아.

서로를 배려하라면서,

왜 아빠는 안 하고 나한테만 그러는데?"

그랬다.

사실에 대해서는 반박할 수가 없다.

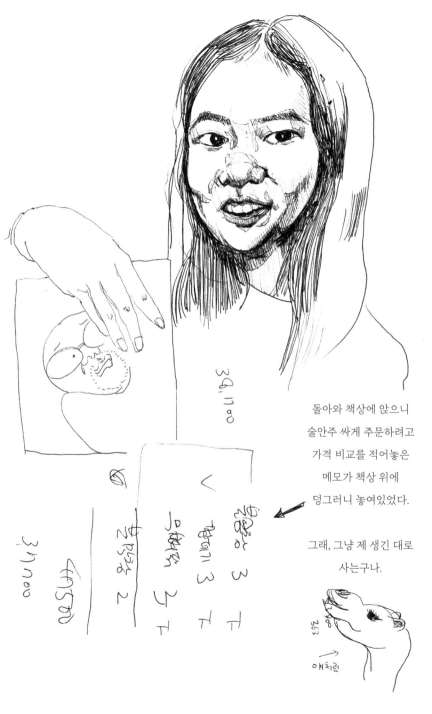

돌아와 책상에 앉으니
술안주 싸게 주문하려고
가격 비교를 적어놓은
메모가 책상 위에
덩그러니 놓여있었다.

그래, 그냥 제 생긴 대로
사는구나.

Ajaes-say
주방장 추천

고마워요

딸이 중학생이 되었다. 지난 주말에
딸이 자꾸 일정을 바꿔서 화가 났었다.

그래서 차를 타고 가는 동안 마구 화를 냈다.
딸은 가만히 듣고 있다가 이렇게 말했다.

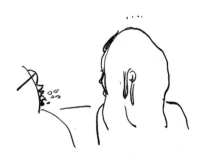

아빠. 나도 나름 생각해보고 아빠한테
'이렇게 하면 안 돼요?' 하고 물어본 거야.
그런데 내 생각은 하지 않고
아빠는 아빠 생각만 해서 이렇게 화만 내잖아.
데려다줘서 고마워요.
그리고 일정 바꿔서 미안해요.
나도 알고 있어요. 하지만,
내가 아무 이유 없이 일정을 바꾼 건 아니에요.
나도 생각해서 말하는 거라고요.
화내지 마세요.

딸을 그저 아직 어린아이라고만 생각했다…

원래부터 거기 있어왔다고 생각하는

상대의 '자기 생각'은 종종 받아들이기 힘들 때가 있다.

어쩌면 딸은 아직 내 말을 들어야 하는

'아이'라고만 생각했기 때문에 딸이 자기 스스로

일정을 바꾼 것에 대해 나는 저항하고,

때문에 그걸 되돌리려고 화를 낸 것이다…

P.S

어쩌면 미투를 바라보는 내 마음속의
조그만 저항감도 여성에 대한 고정된
남성의 인식에 변화를 요구하기
때문일지도 모른다. 그나저나 참 끔찍한
세상이었구나. 이 세상은……

그리고 미안해요

지난 2박 3일간 경주에 놀러 갔을 때,
딸에게 화가 나서 하루 동안 말을 안 했다.
너무나 화가 났는데… 도대체 내가 화가 난
이유를 납득할 수가 없었다.
그리고 뾰족한 이유도 찾을 수 없었다.
온갖 생각을 해봤지만 호르몬 이상인지,
정신병인지, 형편없는 인성 탓인지…
도무지 모르겠다. 침묵하는 아빠.
화가 나 삐쳐 있는 아빠 때문에 불편하고
무서웠을 우리 딸에게 그저
미안할 뿐이다….

편견

딸이 유아일 때 만든 우리 가족.

사회가 강요하는 수많은 편견의 일부를 볼 수 있다.

살기는 아파트 살면서 집은 이런 게 집이고,

실제 아빠는 빡빡인데 머리가 있고.

엄마가 세상의 중심인 거까지.(중심은 나야!)

아, 그리운 시절이다. ^^

외동딸

꿈

가끔 그럴 때가 있지 않나?

꿈을 꾸면서

할 때…

베개로 한 대 쳤다.

꿈속이었지만 팔이 떨어질 것처럼 힘들었다….

정말 실컷 때려줬다.

안 아프다는데 뭐~

Ajaes-say
주방장 추천

메리크리스마스!

Ajaes-say
주방장 추천

사랑이 충만...

5.

골목
식당

나는 <골목식당>을 애청했다.
뻔히 보이는 잘못을 하면서도 대박을 꿈꾸고,
기본이 무엇인지도 모른 채 요리에 자부심을 가지고 있던 출연자들.
그 모습이 글 쓰는 내 모습과 겹쳤기 때문이다.
하지만 대박을 꿈꾸며 새로운 메뉴를 개발하는 출연자들처럼
나 역시 대박을 꿈꾸며 오늘도 쓴다.

오늘의 이모

여기 소주 한 병 주세요.

Elvis

Elvis

찢어지게 가난했던 소년은
어느날 머리를 검게 물들이
고 기름을 바르고 어른들도
선뜻사기 어려울만큼 비싼
양복을 사입었답니다. 친구들
은 꼴보기 싫다며 잡아다가
강제로 머리를 자르기도 했데요
그래도 소년은 옷차림도,
비웃는듯한 미소를 연습하는 일도,
또 만나는 사람마다 한시간씩
춤을 추며 노래 불러주기를 멈추지
않았데요.

그는 인생을 살아낼줄
알았어요. 그리고 무엇보다
또렷한 인생관이 있었어요.
요즘 엘비스를 들어요. 그가 말합니다.
"이봐. 두려움에 굴복하지마. 인생을 즐기라고!"

Ajaes-say
골목식당

COVID-19 특수

Ajaes-say
방금 · 🌐

천재

오늘 나는 10쪽짜리 내가 쓴 시놉을 읽고 생각보다 잘 나왔다는 생각에 "와! 나는 천재였어!"라고 소리쳤다. 나에게, 세상에게, 그리고 딸에게도!

기쁨의 혼술을 하다가 가만 생각해보니 이 시놉을 쓰는 동안 지금까지 회의가 십여 차례, 그사이 고쳐 쓴 건 그보다 더 많았다는 걸 기억했다.

...

더 기억을 더듬어 보면, 수학 점수를 잘 받으려고 문제를 풀고 또 풀었던 학생 때랑 다를 게 없었다. 그러니까 이 시놉은 중고등학교 때 공부 열심히 하고, '와! 나 백 점 같애!' 했는데 점수가 멍청했던 거랑 같겠구나… 하는 걸 '불현듯' 깨달은 거다.

그래, 나는 매일 밥 잘 먹고, 똥 잘 싸고, 엄마 말 잘 듣는 그런 천재였어. 아이구 참 예쁘네….

......

코로나에게 뺨 맞은 것처럼 얼굴이 화끈한, 뜻깊은 하루였다.

끝!

👍❤️ 157

댓글 157개 공유 157회

완벽한 시나리오

Ajaes-say
골목식당

Ajaes-say
방금 · 🌐

23년만 더

〈골목식당〉에서 43년 노력을 인정받았다고
냉면집 사장님이 우는데 나도 울었다.
그래, 나도 이제 23년만 더하면 된다! 아자!

(진짜 시나리오 쓰는 거랑 식당 일이 왜 이렇게 닮았냐…
볼 때마다 흠칫한다. 심지어 나는 이 방송을 보면서
방송 내용과 똑같은 사례를 가진 시나리오 작가, 작품을
예로 들어가며 동시통역 이원방송도 할 수 있을 정도다.
사실은 인간사가 다 똑같은 거겠지…)

Ajaes-say
골목식당

술 권하는 방송

〈싱어게인〉을 할 때 매주 온 가족이 모여 앉아 이 방송을 열심히 봤다.
그리고 요즘은 가끔 유튜브로 〈수퍼밴드〉를 본다. 신기한 건, 어떻게 된 게 이
나라에서는 방송을 해도 해도 어마어마한 실력을 갖춘 사람들이 계속 나타난다.
프로급 음악 능력을 갖춘 사람이 오천만 중에 한 천만은 되나 보다.
이번 〈수퍼밴드〉에서 가장 놀라웠던 출연자는 열두 살짜리 기타리스트다. 저
나이에 저런 실력이라면 최소한 다섯 살부터는 쳤을 게다. 그 실력을 갖추기
위해 7년간 얼마나 애를 썼을까.
내가 글을 쓰기 시작한 건 까마득한 20세기……. 햇수로 200년째. 백수 상태였던
시간만도 저 녀석 나이보다 많을 텐데. 만일 내가 기타를 2세기 동안 했대도
7년 한 저 애를 못 이겼을 거다. 대단한 재능이다. 아마 어딘가에는 저 녀석같이
뛰어난 영화 천재도 있겠지…….
하지만 아이는 아이답게 커야하는 것을! 아이는 아랫집에서 튀어 올라오도록
뛰라고 다리가 있고, 오징어 게임 하다가 운동장에 처박으라고 머리가 있고,
배가 터지게 고기 먹으라고 손이 있는 거지, 뛰어놀지도 않고 앉아서는 그 귀한
시간에 기타를 저리 잘 칠 때까지 연습에 연습을 하라고 있는 것이 아니다!
그러니까 세상 모든 영재들아, 놀아라. 열심히 하지 마! 자꾸 니들 같은 애들이
나오니까, 이 아저씨가 맨날 백수처럼 술이나 먹는 거 아니냐!
…
가만, 그냥 이런 친구가 있는 게 더 낫지 않나? 죽어라 열심히 하는 건 천재
친구에게 맡기고, 나는 곁에서 같이 술이나 먹어주는 거지!
오, 나 좀 천재적인데?

가까운 누군가의
성공을 들었을 때 이모

Ajaes-say
골목식당

시트콤 로그라인

우리나라 같은 경우가 세상에는 많지 않을 거다. 우리가 과도하리 만큼 압축적인 발전을 했다는 것은 세대 구분을 보면 선명하다. 586세대의 마지막인 나를 기준으로 보자면 내 아버지는 전쟁을 겪었고 미국에게 "깁미 쵸콜렛!"을 외쳤다. 나는 "양키 고우 홈"을 외쳤고. 내 자녀는 빌보드, 그래미, 오스카 그런 게 별거야? 하는 세대다. 내 아버지 세대는 세계에서 가장 가난한 나라에서 일만 열심히 하면 성공할 수 있다는 신념으로 살았고, 우리 세대는 중년이 되면서 제2의 직업을 고민해야 하는 입장이라면 우리 자녀 세대는 절대 나가지 않으려는 586에 의해 전례 없는 취업 경쟁을 겪고 있다. 할아버지가 제일 부자고, 아버지 대는 겨우 집 한 채가 다고, 그 아래 세대는 희망이 보이지 않는다. 할아버지 세대는 주판을, 아빠 세대는 컴퓨터를, 자녀 세대는 핸드폰을 쓴다. 세상에 이런 경우가 또 있을까 싶다.

"아버지는 직장에서 정리해고되면서 어쩔 수 없이 본가로 들어가 살게 된다. 이렇게 한 집에 살게 되는 전혀 다른 세 세대는 갈등을 계속한다."

는 로그라인의 시트콤을 쓸 때가 됐다!

Ajaes-say
골목식당

결혼식 원정대

DEAD END

Ajaes-say
골목식당

어떤 작업실

덥다. 옥탑에 에어컨도 없이 하루를 버티는 일은 쉽지 않다.

혼곤한 상태로 집중이 전혀 되지 않는다.

머리를 흔들고 졸음을 쫓고 나면 이내 또다시 무의식으로 풍덩

다이빙을 하고 물을 마신다. 땀을 닦는다. 잠을 쫓느라 부산하다.

얼마 전에 급한 일을 마칠 땐 이 정도는 아니었는데,

어제오늘 잠을 쫓느라 그림만 자꾸 그린다.

정말 덥다….

문득 그런 생각이 들었다. 자신에게 닥친 문제를 항상,

제대로 응시하는 사람은 그렇게 많은 게 아니구나…

그보다는 자신을 보호하기 위해 변명을 하는 경우가 많을 거다.

지금의 나처럼…

Kill

166

말 한마디 못한 이유

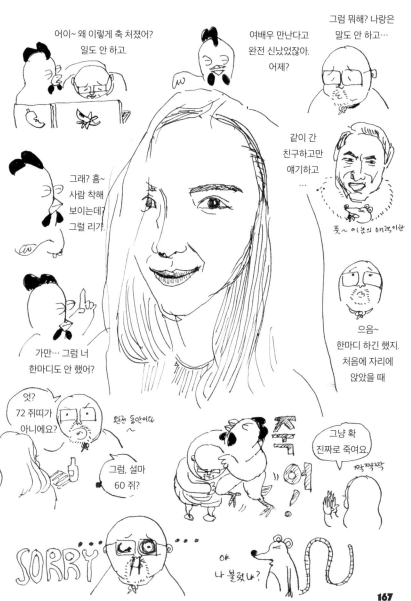

어이~ 왜 이렇게 축 처졌어?
일도 안 하고.

여배우 만난다고
완전 신났었잖아.
어제?

그럼 뭐해? 나랑은
말도 안 하고…

그래? 흠~
사람 착해
보이는데?
그럴 리가.

같이 간
친구하고만
얘기하고
…

풋~ 이놈의 애교이란

가만… 그럼 너
한마디도 안 했어?

으음~
한마디 하긴 했지.
처음에 자리에
앉았을 때

엇?
72 쥐띠가
아니에요?

완전 동안이다
~

그냥 확
진짜로 죽여요.

짝짝짝

그럼, 설마
60 쥐?

SORRY

OK
나 뿔렸나?

167

Ajaes-say
골목식당

단호...박 술

끝나고 뒤풀이
가서 가볍게
한잔하고 가자

어딘데?

삼성동 거기
있잖아.

삼성동!
여기서 또 강남으로?
나 안 갈래.

내가 끝나고
사당까지
데려다줄게.

아 귀찮아.
왔다 갔다.

개간지~

왜 그래?
멀어서? 내가
데려다준다잖아.

단호

싫어.
오늘은 안 가.

아니. 너
술 먹기 싫어?
설마?

술?

마셔 마셔
음 하하하 ♪

절대
그럴리없음

니 현실 적,
.... 하지만 ♪

168

이 자식
이제야 정신이
돌아오는가 보군.

데리고
가고 데려다줄
테니까.

한잔해!

이제 막
글쓰기
시작했
는데…

컨디션
조절해야 해!

어째서…

아~ 개멋져!
도라유-ㄴ
작가의 포스를 마구
뿜어내고 있어!

희한하네.
개가 똥을
마다하다니….

일은 개뿔. 혼자 맥주 마시며

새벽 2시 반에 취침.

그냥 따라갈 걸 그랬나?
쩝쩝…

Ajaes-say
골목식당

SF 시놉

옛날 폴더를 뒤지다가,

언제 썼는 지 모를 SF 시놉시스를 봤다.

이 시놉의 미래는 2005년 서울이다.

나이는 두 자릿수밖에
안 먹었어요

171

Ajaes-say
골목식당

아이디어가 안 떠올라

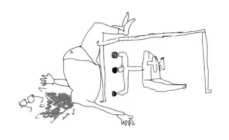

데구르르 ~

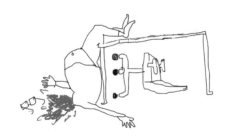

A4지 기준으로 영화 시나리오는
80페이지 100씬 안팎으로 이루어진다.
그러니 시나리오 쓰는 일은 참 쉽다.
눈 딱 감고 씬 100개만 쓰면 끝이다. 100개!
와우!
어떤 날은 하루 종일 다음 씬에 대한 아이디어가
떠오르지 않을 때도 있지만, 상관없잖아.
까짓 100갠데. 응?

大시나리오 센세

"난 저딴 영화를 만드느니 안 만들고 말 거다.
초저예산으로 스태프 고혈을 짜거나, 클리셰 범벅의 뻔한 이야기,
팔리는 소재 가져다 대충 만드는 영화 따위 안 만들 거라고!"
라고 말하지만, 사실 마음속으로는 그런 영화라도 제작에 들어가면
다 부럽다. 나도 그런 클리셰 범벅 있어요, 말하고 싶다.

울 걸 그랬다

오랜만에 친구를 만났다. 카페가 너무 북적여서 거리 벤치에 앉아서 한참 이야기를 나눴다. 친구가 요즘 뭐 하느냐길래 "나름 바쁘다. 지금 계약한 것도 있고 또 이것저것 쓰고 싶은 것도 많다. 며칠 전에도 어쩌고저쩌고 하는 아이템도 떠올랐고. 나름 바쁘다." 하고 말했다. 녀석이 말했다.

"지금 그 아이템이 어떤 맥락에서 괜찮다는 거냐. 투자자들이 좋아하는 다섯 가지 요소에 한 개도 부합하지 않잖아."

"영화가 꼭 그렇게만 되는 건 아니야."

"이봐. 어떻게 넌 거기에 하나도 부합되지 않은 걸 아이템이라고 하는 거냐. 기획을 팔러 다니는 기본이 안 됐잖아. 그러니까 니가 되는 게 없지. 최근에 니가 해서 된 영화가 뭐 있어?"

"없지."

녀석의 따끔한 충고는 그러고도 한참 계속됐고 내 변명도 계속됐다. 녀석은 이렇게 덧붙였다.

"우리 나이대 애들이 다 너 같애. 뭐 다른 걸 시도해보려고도 하지 않고. 그저 자기가 하는 분야에 자기가 무슨 대단한 사람인 양한단 말이야. 세상이 얼마나 변했는데."

"하지만 지금 글 쓰는 것도 시간이 부족하다고."

"내가 글 안 써봤냐? 뭘 시도하지 못할 정도로 시간이 부족하진 않거든?"

"그래도 난 지금 하는 거 말고 다른 걸 할 여력이 없는 걸 어떡해."

"너 내가 장담하는데 지금 니가 하는 그것도 잘 안 될 거야. 지금까지 안 된 것처럼 안 될 거야."

내가 어색하게 웃었던가? 아니면 구차한 변명을 더 했는지 잘 모르겠다.

이후로도 우리는 이런저런 다른 이야기를 한참 더 하다 헤어졌다. 돌아서면서 나는 생각했다. 녀석 말이 틀린 게 없어. 그래, 충고 들을 만하지. 그동안 된 게 없는데. 그건 모두 사실이잖아. 부족한 것도 맞고. 다른 걸 할 생각도 하지 않는다는 것도 맞고. 그래, 혼나도 싸지….

나는 지금까지 혼나도 싼 인생을 살았다는 게 새삼 속상했다.

그렇게 돌아오는데 문득 제리 사인펠트의 말이 떠올랐다. 그는 길거리 노숙자 둘이 이야기하는 걸 보고 이렇게 농담을 했었다.

"틀림없이 저 노숙자 중 한쪽이 다른 한쪽에게 충고하고 있을 거야."

바로 그 충고를 듣는 쪽이 나였던 것 같다.

아무튼, 나도 안다. 내가 잘못하는 걸. 나도 그런 내가 답답하다. 핑계 삼아 혼술로 도망친 게 벌써 몇 년인가… 두고두고 마음이 무거워서 그냥 친구가 혼낼 때 그만하라고 울 걸 그랬나… 싶다. 요즘 내가 잘하는 건 우는 거니까.

남는 시간 있으면 빌려줘

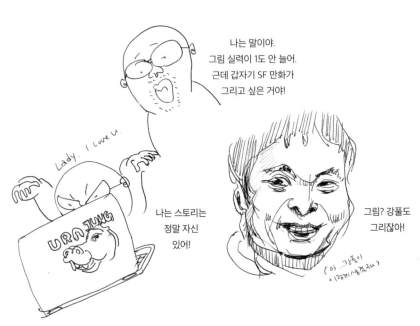

나는 말이야.
그림 실력이 1도 안 늘어.
근데 갑자기 SF 만화가
그리고 싶은 거야!

Lady, I love u.

URN JUNG

나는 스토리는
정말 자신
있어!

그림? 강풀도
그리잖아!

(아...강풀이
이 123에서상했구나)

야! 너 내일 뭐해?
모레 회의 글피 회의 알지?
시놉 나온 거 봤어.
지금 쓰는 거 언제 끝나?
지난번 얘기는 어떻게
끌고 갈 건데? 세금 냈어?
정산했어? 물어봤어?"

• • • • • • • •

Ajaes-say
골목식당

책임감

후배 작가가 말했다.

"결혼하고 싶죠. 그런데 옛날보다 젊은 여자들이

책임감이 없기도 하고……."

빵 터졌다!

ELVIS THE KING

Ajaes-say
골목식당

회사가 잘 안 됐을 때

"2년 전에 회사 잘 안됐을 때, 나 아무렇지도 않았잖아.
뭐, 그때 왜 그랬는지 몰라도 갑자기 딸 중학교 영어
문법책을 떼긴 했지."
라고 말했더니. 아내는 그때 내가 방에 몇 달이나 처박혀
있어서 걱정이었고, 딸은 그런 날 무서워했단다.
기억이란 참 상대적이다. 내가 생각하기에…라는 말은
얼마나 빈약한 증거인가.
그리고 사실 그때 깨달았던 수많은 진실도 시간 속에
허망하게 흩어진 것 같다. 그래서 나는 여전히 같은 실수를
반복하고. 여전히 문법적으로 엉터리인 영어를 한다.
그리고 나는 그런 사람인 것이다.

·

·

아싸–

달려!

새로운 작업을 시작할때 마다 너무나
막막해서 그 동안 난 뭘한걸까? 극심
한 자괴감이 든다. 정도가 심할땐 내가
밥버러지, 말라 비틀어진 쓰세미 같다.
치타는 세상에서 제일 빠르지만 훌륭
한 사냥꾼은 아니다. 자주 실패한다.
그래도 달려라 치타!!
존나게달려 **치타! 쌍!**

시간이 가고 있다

황혼

나는 매일 황혼을 겪어도 인생을 알지 못한다.

그러니까 나는 생의 진실을 찾지 못한 것이 아니라,

생 앞에서 늘 어린아이인 거다.

내가 자연 앞에 설 때면 늘 그 사실을 절감한다.

이 모든 말이 이런 사진도 없이 과연 설득력이 있겠는가.

마찬가지로 아무런 해석도 없이 나의 일상은 과연 의미가 있겠는가.

나는 이렇게 수많은 황혼을 내 안에 남기고 우주 속으로 사라질 것이다.

그 뒤에도 여전히 이 지구에는 이토록 아름다운 황혼이 계속되겠지.

그리고 나의 후손 중 누군가 다시 이 황혼을 찬양하겠지.

내가 그랬듯이.

오늘의 이모

이모 모둠

다음 책 예고

발간 예정일 : 알 수 없음

※ 주의! 유괴하는 장면 아님!

기대하시라! 다음 책에는 더 재밌는 내용이!
개봉박두!

로맨스!
SF!
스릴러!
판타지!

코미디!

멜로!

예술!

정치!

인물!

시나리오 작가 모임 초대 글

2018년부터 1월마다 연락이 닿는
시나리오 작가들을 모아 함께 저녁 식사를 해왔다.
수록된 글은 작가들에게 보낸 초대의 변이다.

2018년 시나리오 작가 모임

안녕하십니까. 시나리오 작가 정윤섭입니다.

오늘 이 자리에 오신 여러분을 진심으로 환영합니다.

제가 이런 자리를 만든 특별한 이유는 없습니다. 사실, 저 자신도 시나리오 작가지만 세상에 그 많은 시나리오 작가들은 죄다 어디 처박혀 있을까 늘 궁금했습니다. 그런데 시나리오 작가는 찾으려면 없지만 어디에나 있습니다. 영화 제작 발표회 혹은 영화사 연말 회식 자리 등에 참석했을 때 과연 내가 어디서 뭘 하고 있었나 생각해보십시오. 십중팔구 한쪽 구석에 조용히 찌그러져 있다가, 술잔을 들고 바삐 자리를 옮겨 다니는 피디·감독·제작자들을 뒤로하고 살며시 집으로 돌아가지 않았나요?

그래서 생각해봤습니다. 그런 불편한 자리 말고 시나리오 작가들만 모여서 편하게 한잔하는 자리가 있다면 어떨까. 그럼 감독이나 제작자들의 속 터지는 이야기 안 들어도 되고, 이심전심 시나리오 작가로서 나누는 이야기들이 즐겁지 않을까?(싸우지만 않는다면) 하고요.

저도 때로는 일 년이 지나도록 결실을 맺은 작품이 없을 때도 있고, 작품 의뢰조차 들어오지 않는 해도 많았습니다. 그럴 땐 정말 기운이 빠지고 시나리오 작가라는 정체성마저 심하게 흔들리곤 합니다. 그럴 때 이런 모임이 있다면 얼마나 좋겠습니까! (차비만 있으면 되니까!)

이것이 이 모임을 만들게 된 이유라면 이유입니다. 그러니 매년 1월 초에 시나리오 작가의 밤. 어떠신가요? 어떤 덴지 몰라 오늘 같이 못 온 시나리오 쓰는 친구가 있다면 내년에는 손 꼭 잡고 모입시다.

부디 즐거운 시간 보내시고 제발 술 먹고 싸우지 마세요.
건필하시고 내년 1월 초에 또 뵙겠습니다.

P.S 택시비는 없습니다. 대중교통을 이용하세욧!

2019년 시나리오 작가 모임

과거 강원도 탄광에서 일하는 광부들은 탄광에서 먹는 도시락을 사잣밥이라 불렀다. 사잣(死子)밥. 죽은 자가 먹는 밥. 머리 위로 쉴 새 없이 낙석이 떨어지고 카바이드 흐린 불빛에 의지해 끊임없이 굴을 파가는 이 일은 목숨을 건 일이었다. 그리고 이들에게 무엇보다 필요한 능력은 자신이 캐는 광물의 질(質)을 아는 것이었다. 언제 죽을지 모르는 불안 속에서 무시무시한 노동 강도로 파내는 것이 한낱 돌조각일 뿐이라면 그보다 허무한 일은 또 없으리라. 그래서 그들은 일이 끝나면 술을 마셨다. 탁자를 두드리며 노래를 부르고, 때론 동료의 멱살을 잡고 싸우기도 했다. 그리고 터덜터덜 집 앞에 이르러서야 전봇대를 붙들고 처량한 제 신세를 한탄했으리라…

"캬~ 술맛 조타! 이 맛에 사는 거지! 안 그래 전봇대 씨?"라고.

자,
글의 막장에서 문장을 캐는 시나리오 작가님들. 카바이드 불빛 같은 외로운 스탠드를 끄고, 퇴고 안 된 새카만 문장도 내려놓으십시오. 그리고 달랑 왕복 차비만 들고, 딱. 차. 비. 만. 들고 나오십시오.

같이 술 한잔하십시다.

그럼 그날에 뵙겠습니다.

2020년 시나리오 작가 모임

2016년 〈윈드리버〉는 내게 이상한 영화였다. 이 영화의 첫인상은 그저 '스칼렛 위치와 호크 아이가 나오네?'였기 때문이다. 요즘의 영화는 다 이런 식이다. 프랜차이즈 영화가 아니라면 넷플릭스의 〈결혼 이야기〉는 〈어벤져스〉의 블랙 위도우와 〈스타워즈〉의 카일로 렌이 이혼하는 이야기가 되는 식이다.

우리는 그야말로 시리즈물이 영화관을 장악하는 시대에 살고있다. 프랜차이즈 영화 속 수많은 캐릭터들은 가지를 뻗어가며 또 다른 영화가 되고, 하나의 장이 마감되면 죽었던 캐릭터의 옷을 새로운 사람이 입고 새 장을 시작한다. 죽었던 터미네이터는 몇 번이고 살아나 다시 나타나고, 대부분의 영화는 언제나 다음 편을 예고한다. 올해 〈분노의 질주: 홉스&쇼〉는 이 시리즈들이 그랬듯 정말 신나는 영화였다. 하지만 과연 이것이 우리가 생각하던 그 '영화'인가? 〈쇼생크 탈출〉에서 앤디가 탈출에 성공했을 때, 〈굿 윌 헌팅〉의 윌이 손과 싸우며 자신을 드러냈을 때. 그때 느끼던 그 어떤 '영화'라는 요소가 〈분노의 질주〉에도 있는 것일까?

이제 영화 속의 세계는 더 이상 죽지 않는다. 죽음은 생명에게 가장 중요한 순간이다. 죽지 않는 것에 과연 생명이 있다고 할 수 있을까? 그렇다면 이제 영화는 완전히 새로운 국면에 접어든 것은 아닐까?
물론 아는 사람은 알겠지만, 지난 3년간 나는 '시나리오 작가 모임'이라는 이름으로 매년 1월에 모임을 했다.

늘 영화 작업의 맨 앞에서 칼을 맞지만, 정작 영화가 만들어지면 맨 뒷자리에 앉는 시나리오 작가들에게 밥이나 한번 사자 해서 시작한 모임이지만 여러 가지 이유로 2020년에는 할 수 없을 것 같았다.

하지만 매년 모임을 하겠다고 이미 공언을 했던 바, 새로운 국면을 맞이하고 있는 '영화'를 두고 이대로 넘길 수가 없어 서둘러 다시 모임을 알린다.

매번 THE END를 찍으며 죽음을 경험하는 시나리오 작가님들아. 프랜차이즈도 아닌 대본은 덮어두고 달랑 차비만 들고 나오시라. 영화의 죽음은 미끼일 뿐, 술이나 한잔하십시다.

그럼 그날에 뵙겠습니다.

2021년 시나리오 작가 모임에 부쳐

21세기가 시작되면서 기술의 발전은 영화판을 위협하고 있었다. 마침내
스트리밍 기술이 시작되자 극장은 더 이상 유일한 영화 관람 장소가 아니었다.
때문에 영화가 선택한 전략은 SF판타지였다. 하지만 이런 노력에도 불구하고
올해 난데없이 찾아온 코비드는 극장 문을 아예 닫게 만들었다. 일 년이
지난 지금 사람들은 영화가 마침내 망할지, 코비드-19 극복과 함께 예전으로
돌아올지 생각이 반반으로 나뉘어 있는 듯하다. 하지만 나는 희망에 걸지 않는
편이다. 결국 영화도 과거의 소설이, 오페라가, 연극이, 라디오가 그랬듯이 다른
매체에게 권좌를 넘겨줄 것이라 생각한다.

더 이상 영화가 권좌에 있지 않는다 하더라도 스토리는 여전히 관객들을 찾을
것이다. 비록 형태가 다르더라도 스토리는 남을 것이다. 그리고 이 스토리의
새로운 주인공들은 시대의 불의와 음산한 에테르를 뚫고 여전히 희망과
안타까움 그리고 웃음과 눈물을 줄 것이다. 늘 그래왔듯이.

언젠가 강의를 할 때의 일이 생각난다. 한 중학생이 쓴 로그라인 과제를 보고
충격을 받은 일이었다. 이 녀석이 쓴 로그라인은 예를 들어 이런 식이다. '택배
직원이 무인도에 갔다가 탈출하는 이야기', '라이언 일병을 구하러 갔다가 다
죽는 이야기'

괘씸했지만 한 편으론 이게 뭐가 틀렸나 싶었다. 누구나 겪는 탄생과 삶 그리고
죽음. 그것 이외의 무엇이 이 세상에 더 있겠는가.

세상에 있는 온갖 스토리의 결론은 너무도 분명하다. 사랑, 진실, 정의, 고통, 행복, 죽음, 탄생…. 무엇이든 그것은 마치 아래에서 올려다보는 산 정상처럼 어디서나 또렷하고 분명하다. 다만 스토리를 만드는 사람이 어느 자리에서 어떻게 시작하느냐에 따라 정상에 이르는 과정이 다를 뿐이다. 그 길은 모두가 알듯 반듯하고 넓은 길이 아니다. 가파른 오르막이고 천 길 낭떠러지이고 좁은 오솔길이다. 심지어 그 길 가운데서는 정상이 보이지 않을 때가 태반이다. 글을 쓰는 사람들은 다만 정상으로 향하는 굽이굽이 산길을 구도자처럼 한 걸음씩 뚜벅뚜벅 걸어가는 것뿐이다.

새해가 되면 시나리오 작가 모임을 하곤 했다. 올해 했다면 다섯 번째였을 모임. 포근한 다락방처럼, 장작불 앞에 둘러앉은 저녁처럼 잠시의 휴식이 되길 바랐다. 하지만 새해의 시나리오 작가 모임은 코비드-19 때문에 할 수가 없게 됐음을 알린다. 2022년에는 서로의 얼굴에 침 튀겨가며 이야기하고, 남이 먹던 안주도 뺏어 먹을 수 있는 다섯 번째 모임이 이루어지기를 기대해본다.

부디 글을 쓰는 모든 분들의 건투를 빈다. 더불어 건강하시길!
그리고 내년에도 자신만의 산길을 뚜벅뚜벅 오르시길 빈다.

THE END

아제세이 ajaes-say

천공의 섬
아저씨

초판 1쇄 인쇄 | 2022년 4월 11일
초판 1쇄 발행 | 2022년 4월 21일

지은이 | 정윤섭
펴낸이 | 맹수현
펴낸곳 | 출판사 핌
출판등록 | 제 2020-000269호
　　　　　 2020년 10월 6일

주소 | 서울시 마포구 신촌로2길 19, 3층
이메일 | bookfym@gmail.com
전화 | 02-822-0422
팩스 | 02-6499-5422

편집 | 맹수현
교정교열 | 김은화
디자인 | 뉴트럴 애스펙트
인쇄 | 비쥬얼 봄

Special Thanks to

마포출판문화진흥센터 PLATFORM P
윤태호 작가님
김호연 작가님
권봉근 감독님
조은경 작가님

ISBN 979-11-975299-2-4